만약에라는 말

오선덕

시인의 말

실수라 하기엔 너무 아픈 말이 있다

가시처럼 박혀 있는

상처받은 말들과 상처 준 말들

다시 주워 담을 수 없는

상처 입은 말들은

긴 세월 지나도 통증으로 남아 있다

잘못 쏟아진 말들로 헐거워진 사이엔

나와 너만 있고 우리는 없었다

늦었지만 이제 그 우리를 찾으려 한다

2021년 10월

오선덕

만약에라는 말

차례

1부 우리는 서로의 몸짓을 모른 척합니다

2부 우리는 언제나 이방인

3부 했던 말들이 모두 사라졌다

4부 모노드라마

해설

1부

우리는 서로의 몸짓을
모른 척합니다

버릴 건디 버릴 건디

숨차게 뛰어다녔던 마당, 그 끝자락 작은 고추밭, 아궁이에 불을 지필 쯤이면 고추 몇 개 따 오라는 말 듣기 싫어 아랫목 이불 속으로 숨었다

이제는 좁은 마루 위, 고춧잎이 바구니 한가득 담겨 있다

자식 주려고 따 놓은 고춧잎, 쟁여진 시간만큼 마르고 물러져 차마 버리지 못하는 것들

마당에서 올케와 시누이가 마주 앉아 한 잎씩 다듬을 때

팔순 노모는 주위를 뱅뱅 돌며 버릴 건디 버릴 건디 염불을 왼다

둥지를 떠난 새

새들의 저녁 식사는 언제나 소박했다

여물지 않은 어린 새들의 부리는
날밤을 쪼아댔다

식탁 위 텅 빈 접시에는
여린 부리의 파편과
깨진 밤의 조각들이 쏟아졌다

우리는 서로의 말을 모릅니다
모른 척합니다

어디에서나 은밀하게 허용되는
각자 생존의 법칙

닳아서 보이지 않는 지문은
써 보지 못한 대리석처럼 반들거렸다

달빛마저 지워 버린 밤의 적막
날갯짓도 없이 새들이 떠났다

우리는 서로의 몸짓을 모릅니다
모른 척한 게 편할지도 모르겠습니다

우듬지에서 들리던
파도 소리도, 새들의 노랫소리도
사라진 계절

이 계절의 이름을
어떻게 불러야 하나

카테리니행 기차

기차는 끝을 알 수 없는 검붉은 선로 위를 달린다

기차는 8시에 떠나네, 재생되지 않는 기억처럼 흔들리는 가수의 목소리 깊은 터널 속으로 밀어 넣는다

가로등 불빛이 기차를 따라 떠나간 곳, 어릴 적 가지고 놀던 작은 성냥갑의 따스한 온기, 깊은 잠 속으로 끝없이 빠져들던 무릎 위의 자장가, 일렁이는 모닥불 사이로 삼킬 듯 밀려오던 파도 소리

어떤 소리도 잠재울 것 같던 기적 소리가 스쳐 간다

말속에 숨은 활자들이 책들로 엮어져 간다 기약 없는 페이지를 넘기며 맨 뒤에 그냥 끝이라고 쓴다

버스킹

아스팔트 위 구멍 뚫린 낙엽들이 숭어 떼처럼 바람에 파닥인다 덧칠하듯 색을 입고 벗으며 세상을 그린다

색채들은 풍경을 닮아 있다 비 오기 전 하늘, 비 오는 거리, 젖어 가는 빈 의자, 버스는 표정 없는 사람들을 태우고 사라진다

붓질을 멈추지 않는 빗줄기 나는 뛰어 나갈 엄두도 내지 못한 채 제자리를 맴돈다 내가 그린다고 믿은 세상이 나를 그리고 있다

빗속의 거리에서 온몸으로 부르는 노래들, 떠날 때는 누군가 나를 위해 불러 주는 운명이라는 노래, 버스커들의 버스킹

자궁 속, 터널을 빠져나와 나 이 세상에 왔음을 목청 껏 노래했다 그것은 이 별에서 부르는 첫 버스킹이었다

소나기

발톱을 숨기며 달려온다 언제 쫙 펴고 포식의 순간을 낚아챌지 모른다

독수리처럼 푸른 허공 속으로 날아오르는 검은 날갯짓

숨죽이며 다가오는 태양의 포식자 정수리 위에서 거대한 날개를 퍼덕인다

너덜너덜 찢긴 심장의 고동으로 떨어져 내리는 눈물의 광시곡, 다 쏟아낸 어느 날 오후

소나기는 뜨거운 가마솥 뚜껑 속으로 숨는다

움막

갑자기 쏟아지는 빗줄기가 창문을 두드리고 지나간
다 사람들은 맞은편 건물 계단에 늘어서 있다 빗속에서
는 왜 옷의 색깔이 모두 비슷해 보일까

창문과 커튼 사이처럼 당신과의 거리가 애매해졌다
며칠 전 본 당신의 흑백 영정사진은 명함판을 확대한 듯
희미했다

당신이 살아온 비닐하우스엔 창문도 커튼도 없었다
지붕을 송두리째 뒤덮던 눈, 들판의 거친 흙먼지와 땡볕,
수도도 없이 계절을 보내던 당신, 나는 몇 통의 물과 과
일을 주고받곤 했다

희미한 사진 속 그녀는 오래전 유행했을 꽃분홍 한복
을 입고 있다 그 시절로 돌아간 듯 환한 미소를 띠고 있
었다

누가 밤의 심장을 겨누고 있는가

쉽게 잠들지 못하는 밤

쇠사슬을 끌듯 계단을 올라온다
밤의 심장을 뚫고 흘러나온다

어둠을 타고 번지는
술병 뒹구는 소리
술잔 부딪치는 소리

뒤엉킨 사내들의 목소리가
호수에 떠도는 오리 성대를 닮았다

아무리 씹어도
끝내 뱉고 마는 칡뿌리처럼
질긴 하루

취객들의 아우성이
사이렌에 묻힌다

검은 밤, 검은 글자로 쓰인 책을
검은 눈이 읽고 있다

샤워기는 밤새 운다

캣츠아이

가로등 불빛 따라 조율되는 그림자, 불빛 사이 허공을 가득 메운 까만 눈동자, 눈동자 속 흰 벚꽃 송이들 나를 내려다본다

캄캄한 무대를 가득 채우던 캣츠아이처럼 밤을 배회하던 고양이의 환생처럼 하얗게 날고 있다 폐부 깊숙이 파고드는 밤의 소리

그리자벨라가 부르는 메모리는 나의 블랙홀 바람은 떨어지는 묘기를 부린다 추락하는 것들의 날갯짓을 본다 비 오는 날에 눈물 흘리는 꽃, 덜컹거리는 창문 틈으로 스며드는 찬 바람

밤의 허리가 휘도록 꿈이고 싶은 밤

발자국

나뭇가지에서 줄을 타듯 통통거리는가 싶더니 솟구쳤다 내려와서는 사분사분 걷곤 했다

겨울 하늘, 새는 미처 내 눈이 닿지 못한 나무의 어깨와 가지의 손등을 스치며 날아갔다

지난여름, 갯벌 속에 묻혀 버린 새의 발자국이 오늘은 밤새 내린 눈 위에 찍혀 있다

발가락 사이로 솟아 있는 흰 눈
겨울나무 꼭대기에 앉아 부르던 새의 노래, 살금살금 왔다 간다

마지막 식사

허벅지가 굵으면 아프지 않고 오래 산다던데 나도 허벅지가 굵어서 오래 살까?

길을 걷다 툭 내뱉은 그녀의 말에 피식 웃고 말았다 유리창 밖 햇살만큼 하얗던 얼굴

누군가 언덕을 올라오는 캐리어의 바퀴 소리가 무겁다 그들이 떠돌던 곳은 언젠가 내가 걸었던 곳이거나 그렸던 곳일지도 모른다

어디론가 떠나는 것은 또다시 이방인이 된다는 것

숨을 멈추고 빗소리를 들어 봐, 나야 나

바람 속 빗방울로 날아온 그녀, 싱그러운 얼굴이 후두둑 내 얼굴 위로 떨어졌다
늦은 밤 받은 문자 한 통에 꼬박 밤을 지새웠다

밤을 새우고 찾아간 곳, 긴 세월을 두고 만난 동무들
의 이름이 불렸다 수다는 끝날 줄을 몰랐다

그녀가 주는 마지막 식사, 그녀는 없었다

것

슬픈 드라마의 주인공들은 모두 나인 것 같아 하루는
차가워지고 하루는 뜨거워진다

것은 서로를 이어 주는 징검돌
잊고 있었던 것을 소환한다

죽을 때까지 가지고 가는 어릴 적 그 맛
헤어진 연인과 닮은 것만으로도 가슴이 철렁 내려앉
는다
피운 꽃을 보고서야 생각나는 그 이름

무심코 지나쳤지만 낯익음으로 새겨 놓은 것

내비게이션

가슴이 알고 있는 길 쭉 따라가면 끝자락에 서 있는 너, 바라보는 마음 한쪽 뾰족해진다

말하지 못하는 귀와 듣지 못하는 입, 우리는 익숙한 물음과 대답을 꿈꾸지만 너무 먼 마천루 위에 세워진 입과 귀의 가설들

어둠이 제 키만큼 그림자를 뿌리며 달려온다 돌아가야 할 거리가 점점 멀어지는 길

길

바람이 빗줄기를 타며 노래한다
발등 위에서 부서지는 물보라

계절이 쌓일 때마다 노래는
서로 다른 목소리로 화답했다

삼월의 연둣빛으로
장마의 거친 숨결로

붉은 피를 토해내던
노을의 심장도
밤이 되면 차갑게 식어 간다

갠지스 강가 떠돌이 개들이
짖어댈 때
피리 소리가 들린다

육신이 타면서 마지막

우는 소리
그들은 피리 소리라 했다

드럼인 양
허공을 텅텅 치고 지나는
알 수 없는 길

발걸음 소리가 멈추는 그 길

2부

우리는 언제나 이방인

달빛 작은 방

천정과 맞닿은 작은 창문으로 달빛이 가득 쏟아졌다 모두 잠든 밤 달빛은 혼자 출렁거렸다 벽에 그림자를 그리던 천정의 달빛은 골목을 비추는 둥근 가로등이었다 저녁 일이 끝나고 집으로 돌아오는 사람들의 벗이었다

동화를 꿈꾸던 방은 불을 켜지 않아도 환했다 주말에는 벤허, 바람과 함께 사라지다, 로마의 휴일, 시네마 천국을 상영하던 작은 극장이었다

일곱 살 어느 날 아랫목으로 발을 뻗고 여섯 식구가 잠을 잤다 오줌이 마려우면 자꾸만 몸이 움츠러들었다 요 강은 윗목 맨 가장자리에 있었다 더는 참을 수 없어 일어나 바지춤을 내리던 곳, 하필 그날은 달빛에 비친 할머니의 하얀 머리였다

억새꽃

쏴쏴 노래하던 은빛 억새꽃
앙상하게 서 있다

스치며 지나가는 발자국들 뒤로
풀풀 으스러지다가
뼈마디 소리를 낸다

앉았다 일어서는데도
작은 억새 몇 마리
힘없이 툭 꺾여 빈속을 내보인다

그것들 바라보는
눈빛 속으로
소박한 기도가 흐른다

텅 빈 뼈대 속 옛이야기들
중머리재 내려오는 산길
여기저기에 뿌린다

더디게 오는 버스를 기다리는

은빛 억새꽃들

승강장 의자를 가득 덮고 있다

주름진 장미꽃

고개 숙인 장미꽃

다랑논처럼 구부러진 주름들
꽃대 세우고 있을 때는 몰랐다

까맣게 잊고 있었다
구석에서 빛나고 있었음을

그녀는 잘못 쓴 공책의 글자들
지우개로 지우듯 손으로 밀고 또 밀고

늘어진 개의 혓바닥처럼 변한 젖가슴
벌거벗은 여자의 몸 위에서
교회당의 종처럼 흔들리고 있다

삶의 고비마다 새겨졌을
사막의 언덕 같은 주름들

닳은 지문 위에 쓰인 그녀의 이력

삶의 절반을 세신사로 살아온
말라 가는 장미 꽃잎

스카이 댄서

창문 위로
햇살이 녹아내리는 저녁
토해내는 이야기들
맥주잔을 가득 채운다

불 켜진 거리
쉬지 않는 춤사위
두 팔 휘저어 누군가를 부르다가

지친 하루가
하얀 거품처럼 부풀어 오르고
둘러앉은 신발들
바닥에서 떨어질 줄 모르고

텅 빈 거리에는
멈추지 않는 바람
허공에 빈 몸짓만 그린다

어떤 편지

횡단보도 앞, 은행나무에 걸린 손편지가 바람에 뒤척인다 쳐다보는 이 없는 꼭꼭 동여맨 흰 국화 한 송이

필기체로 가늘게 써 내려간 한 줄 한 줄의 글씨는 붉은 꽃무릇 같다 숨죽인 사연을 훔쳐보았다

너와 함께 보낸 추억들이 이곳에 있어 차마 떠나지 못하고 이제야 떠나, 너의 기일 날 국화꽃 한 송이 놓고 갈게, 우리는 이곳에 살면서 최선을 다했어, 후회하지 않을 삶을 살았어, 고향에 같이 가지 못해서 미안해

그리고 마지막 꾹꾹 눌러쓴 Goodbye

매일 건너던 횡단보도 사람들의 기억에 흔적조차 남아 있지 않은 일 년 전 어느 외국인노동자의 교통사고

바람도 없는데 편지지가 펄럭인다 그들은 없고 꽃무릇 같은 고백만 남아 있다

밤거리

인적이 끊긴 거리
가로등 불빛
줄지어 늘어선 가게의 유리창 안
기웃거리고

날렵하게 쭉 빠진 신발
윤기 나는 바게트
화려한 원피스와 붉은 스타킹

아스팔트 위, 전단지들
어지럽게 흩어진
그 위로, 살며시 발자국이 찍히는
길모퉁이 리어카 하나

흩어져 있는 상자들 사이
쭈그려 앉은 노인
상자를 느릿느릿 펴고

물끄러미 들여다보는 가로등 불빛

곁을 바짝 지키는 리어카 안으로
차곡차곡 끼니를 밀어 넣는 손

폐역, 수레국화 옆에서
―서도역

벚나무는 소리도 없이 몸을 비워냈다 밤새 소복소복
꽃잎이 내리던 철길은 눈부셨다

폐역을 떠돌던 묵언의 메아리는 붉은 양귀비와 보랏
빛 수레국화로 피어났다

희미한 기억을 닮은 굽은 평행선, 떠나간 기차를 따라
가기라도 하듯 구를 채비를 하는 수레바퀴 꽃

나무 의자에 앉아 기차가 떠난 방향을 바라보며 일어
설 줄 모르는 여인의 머리가 벚꽃을 닮았다

점잖은 밥 한 상 천천히 다 먹을 만한 시간이면 닿는다
던 정거장*

이제는 울리지 않는 기적, 녹슨 기찻길 위를 수레국화
가 덜컹거리며 달려가고 있다

* 최명희, 『혼불』 중에서

억새

바람이 눈과 귀와 살들을 물고
날아갔다
뭉텅해진 머리털과 뼈만 남았다

가는 피리가 되어 쉬지 않고 불었다
소리는 언제나 강을 건너지 못했다

누구는 그런 나를
날개 털린 새라 불렀다

한낮의 물빛을 길어 올리는
노을, 더욱 붉어지는 강의 눈

강 비늘이
날아간 내 눈동자처럼 반짝거렸다

흔들리며 우두커니 서 있다

스무 살 카인

기시감은 과거로의 회귀이다
매일 지면을 달구는 사진들 팔십 년 광주다

그들은 무너지길 기다리는 것일까
시간이 흐를수록
시선은 시간의 바깥으로 향한다

이대로 잊히는 것이 더 두려울 미얀마
죽어서도 차마 떠나지 못하고
흑백사진 앞 촛불로 피어났다

그녀는 군부 쿠데타에 항의하는 시위에서 경찰이 쏜
총에 머리를 맞아 숨진 최초의 순교자가 되었다

난독증

흰 눈 밟는 소리
그리워질 때

그해, 겨울이라고 불리던 계절은
철쭉과 벚꽃과 오월의 장미를 피웠다

출생의 원죄를 묻는다
질문과 대답이 허공에서 낳은 난독증

난치병처럼 길어지는 처세술
읽지 못한 가면 속 퍼포먼스가
풍문처럼 떠돈다

벗기지 못한 채 흐려지는
원죄의 흔적들

여전히 혼돈의
계절을 사는 오월의 꽃

이사 공고 표지판

호수 주변을 재개발하여 고급 아파트가 들어선다는 소문이 돌았다 호수 주변의 장미꽃들은 꽃봉오리를 키우며 서로를 시샘했다 언제부터인지 주변 산자락 무덤엔 푯말이 세워졌다 형체를 알 수 없는 낮은 봉분, 화려한 비석과 대리석으로 둘러싸인 무덤들 빈부 격차는 사자死者에게도 있었다 재개발은 산 자들이 매겨 놓은 품격 앞에 번호가 매겨진 똑같은 푯말을 세워 놓았다 사자는 이사 공고 표지판에 죽어서도 집 걱정이었다 여름이 익숙해질 즈음 시들어 가는 장미꽃 뒤로 흰 개망초가 피어났다

할 말 많은 참새는 이 집 저 집 분주히 풍문 물어 나르고 훌쩍 커 버린 개망초 사이 이사 공고 표지판과 갈 곳 없는 무덤이 숨죽이며 엎드려 있다

어린 별

잠 못 이루는 창문 틈 사이로 바람이 운다

아무도 엿보지 않는 밤 별들이 모여 무심코 뱉는 말들
허공에 뿌려진다

누구는 연말에 보너스 탄다는데 나는 잘리지나 않았
으면 좋겠네 뉴스에 또 떴네 알 수 없는 세상 유성처럼 사
라진 어린 별 하나

무덤덤한 입술 사이로 쉬지 않고 흐르는 이야기들 시
간은 어둠 속으로 숨는다

겨울 잔등 위로 잠 못 이루는 별들 서성인다

구르는 공

포개져 아무도 모를 곳으로
흘러가는 빗물들

블랙홀로 빨려 들어간 지하철 속

누군지 모르는 등에 기대어
한 몸처럼 떠 있던 시간들

나뭇가지 눈 쌓이듯 포개진다

나른한 저녁 술잔 속 얼굴이
축구공처럼 부푼다

뱅뱅 도는 시곗바늘
쉬지 않는 초침 소리

멈출 수 없는
세상의 공들 굴러간다

3부
했던 말들이 모두 사라졌다

이끼

도망가고 싶어, 어디로든

기린과 양 들이 뛰어노는
뒤돌아보지 않아도 되는 초원이 있다면

너의 푸른 옷으로 내 몸을 감싸고 싶어

너는 결코 떠난 적 없었지
주위만 뱅뱅 돌고 있었을 뿐

장미 향 가득했던 뜨거운 여름
푸른 이끼 위로 쏟아져 내리던 빛줄기들

반짝거리던 네 옷자락 사이로 보이던
깊은 어둠이 데려온 까닭 모르는 슬픔

어떤 옷을 입어도 내 옷이 아닌 것만 같아

선샤인

그날의 게임은 내게 그림자로 남았다

가위바위보를 이기지 않았더라면

시소를 타듯 허공을 오르내리는 손
읽을 수 없는 표정들이 쌓여 갔다

비는 계속 내리고
잠은 잠을 부르고

뒷산 새는 틈만 있으면

줄 수 없어서
줄 수 없어서

줄 게 없다고 울어댔다

지쳐 갈 즈음 내뱉는 만약에라는 말

현실은 언제나 만약과 엇갈렸다

비의 문장을 완성한 날
비는 그림자 위로 모스부호처럼 내렸다

땅속으로 스며든 비는
떠나간 새 발자국을 남겨 두었다

태양은 지금 어디쯤 달려오고 있을까
닫힌 커튼 사이로 부르고 있는 저 얼굴은

조금만 더 가까웠더라면

때때로 바람은
비의 향기를 품고 온다

온몸으로 유리창에 후두두
점, 점을 찍고 가는 비

점과 점 사이가
조금만 더 가까웠더라면

눈물이 나오기 전부터
붉어지는 눈을 가진 우리

물빛 닮은 몸짓만으로도
알 것 같은

저 멀리 서 있는 사람

수많은 시간 녹아내렸을

몸의 언어

점, 점이 되어 멀어진다

2미터 전략
—코로나 19

생각지도 못한 곳에 박힌 가시
빼낼 틈도 주지 않고 자란다

표정을 읽을 수 없는 얼굴들이
흘러 다니는 거리

꾹 다문 입술을 비집고 나오는
오독의 문장들

어제와 오늘의 하루는
일란성 쌍둥이처럼 닮았다

아무리 써도 닳지 않는 연필이 있다면
행운일까 불운일까

우산 속에서도
비를 맞는 날이 많아지고

매일 눈치 게임을 한다

전략을 바꾸기로 한다
딱 2미터만 거기, 서 있어 줄래?

닿지 못한 말

당신의 눈길 속에서 걷고 싶었다

어느 봄날 당신의 눈에선
붉은 석류알 닮은 울음이 흘러내렸다

마주 서 있기 미안해 물구나무를 섰다
저만치 걸어가는 닳은 신발이 보였다

이유가 내게 있음을 알았을 때
변명의 내용은 수시로 바뀌었다
벨 소리를 듣지 못했어 강의 중이야 샤워 중이었어 배
터리가 없었나 봐……

줄줄이 이어지는 뻔한 말들은
당신에게 닿지 못했다

지우고 싶은 기억이 늘어날 때마다

무수한 변명이 가로수처럼 늘어선

그 길, 점점 희미해졌다

와인

와인처럼 번져 가는 브레이크 등, 어둠을 지우듯 간헐
적으로 흘러나오던 내비게이션 더는 말이 없다

긴 터널 줄지어 선 자동차들, 꾹 밟고 있는 서로 다른
모양의 브레이크 등

금방이라도 떠날 것 같은 엔진 소리와 적막의 무게가
저울질하듯 침묵의 두께를 재고 있다

번갈아 밟는 액셀과 브레이크, 인연도 마찬가지여서
선택의 순간을 벗어날 수 없다

한때 와인처럼 스며든 당신은 보랏빛 서정으로 데려
가듯 나의 안부를 묻곤 했다

쌓여 늘어만 가는 안부, 서로가 가는 곳을 몰라서 그
행방이 궁금해질 때쯤이면 얼굴은 허공을 닮아 갔다

언제나 먼저 다가와 묻는 물음 속으로 들어가지 못했
다

시소 마찰음

시소 마찰음이 끼익 끽 할 때마다 신발 속으로 뛰어
들어오는 모래알들

신발 속 주인인 양 서걱대며 다리를 절게 한다 구르며
흩어지는 작은 것들의 위대함, 툭툭 털어낸다

시간의 돌기를 구르던 수레바퀴가 멈춘 역사驛舍, 뭉
개진 레일 위를 걷는 사람들

주인 없는 역사엔 검은 봉지를 뒤집어쓴 고요 한 장 비
틀거린다

공중을 맴돌며 증폭해 가는 고요 속 불안이 밀려오면
주문을 외듯 아모르파티

윙크

마지막 윙크가 언제였나

단풍나무길 가로등은
지금도 깜빡거릴까

한쪽 눈은 재미없다며
두 눈을 꼭 감았다
그럴 때마다
내 얼굴 위로 날리던 머리카락

보이지 않는 한쪽 눈 사이로
멀어져 갔다
아웃포커싱 된 배경처럼

단풍잎이 떨어지는 날이면
내 눈도 붉게 물들었다

긴 울음이었다

사라진 꿈

누구도 말한 적 없는데 누구에게나 진실이 되었다

늦가을 기승을 부리는 바람에 허공을 한바탕 휘돌다
쌓여 가는 낙엽들

낙엽 밟는 소리 사분대는 밤에는 온몸이 으스러지는
꿈을 꾸었다

언제나 나란히 찍히던 발자국은 낙엽의 분진처럼 깊
은 겨울 속으로 스몄다

밤새 내렸던 눈 주저 없이 몸을 내주는 햇살 가득한
아침

뒷마당 은행나무에서는 끊어질 듯 끊어지지 않는 긴
행렬을 이루며 눈물이 떨어져 내렸다

그것들은 긴 잠 후에 깨어난 꿈처럼 사라져 버리는 소

리 없는 이벤트, 마른 나뭇가지 하나 긴 눈물 속에 출렁
이고 있다

리셋

스펀지처럼 거짓을 빨아들인다
꼬리를 물고 이어지는 말들의 말

어디가 시작인 줄도
어디가 끝인 줄도 모르고

무뎌진 손가락은 언제나
같은 높이로 키보드를 두드린다

뜻 모를 말들로 가득 찬 화면
다시 쓰이는 희미한 기억들

달력에는 끝내
기억해내지 못하는 것이 있다

노크도 없이 불쑥 들어오는 그림자

포맷을 경고했지만 모래시계처럼

그 자리에서 맴돌기만 한다

쏟아져 흘러내리던 말들이 모두 사라졌다

의자

스포트라이트를 받으며 무대의 중앙으로 걸어간다
숨소리도 들리지 않는 객석 나는 피아노 의자에 앉는
다

흑백의 계단을 따라 노래하는 손가락 사이로 피어나
는 장미 향, 검은 에나멜 위에서 일렁이는 감미로운 장미
꽃들의 춤

나비처럼 날아간다……

조명이 모두 꺼진 무대
텅 빈 객석에 앉아 무대를 바라본다 덩그러니 남아 있
는 까만 밤 같은 피아노

귓가에 떠나지 않는 갈채 브라보 브라보

밀려오는 공허, 푹 꺼진 빨간 접이식 의자 속으로 몸을
구겨 넣는다 나는 의자가 된다

바닥

떠나보낸 빈자리가 너무 고요해서 발자국 소리마저 숨어 버렸다

ㅓ, ㅓ 밖에 소리 내지 못하는, 그마저도 잊어버린 작은 짐승이 되어 갔다

잔뜩 메마른 화분에 물을 주었다 파도 소리가 들렸다

옹알이처럼 파도 소리를 흉내 내는 날들이 많아졌다

문장들은 바닥을 모르는 활자들이 만든 블랙홀이거나 펜트하우스이거나

아스팔트 위에 달라붙은 종이 딱지처럼 질기디질긴 빈자리엔 바닥이 없다

4부

모노드라마

즉결심판

부스럭거리는 소리에 창밖을 내다보았다 길냥이 한 마리가 빈 비닐봉지를 정신없이 핥고 있다 한참 바라보다 눈이 마주쳤다 순간 고개를 돌렸다 비닐봉지 핥는 소리가 계속 들렸다

내일은 비가 올 거라고 바람이 먼저 말을 했다 비바람에 젖어 가는 우울의 깊이만큼 감정과 감상 사이를 오랜 시간 헤매었다 쓰러지지 않을 견고한 담을 쌓았다 담벼락 아래엔 빨간 장미를 심었다 가시에 찔린 바람이 나를 외면했다

억울하게 끊긴 스티커 한 장에 이를 갈았다 난생처음 받아 본 즉결심판의 날 그곳으로 밑바닥 삶들이 모여들었다 '때문에'라는 말을 잊기로 했다

음식 한 접시를 길냥이 다니는 길목에 갖다 놓았다 술김에 훔친 라면 한 봉지가 벌금 십만 원으로 돌아왔다는 일용직 노동자의 진술이 길고양이 눈빛 같았다

오래된 습관

커피 향 속으로 빨려 들어간 카페, 레몬티라 생각하며 라떼를 주문한다

아니라고 말하지 못한 채 라떼를 마신다 부드러운 거품 속으로 스며드는 것은 체념일까, 오래된 습성일까

텅 빈 버스정류장, 좌판 위 속을 태웠을 사과는 노을을 닮았다

마네킹의 옷은 날마다 벗겨지고 서로 다른 각도에서 흘깃거리는 시선들

습관처럼 튕겨 나온 입술의 배반은 내 안에 잊고 있던 것을 불러낸다 흰 눈밭 위 홍시처럼 쏟아진다

비밀

세방낙조와 팽목항을 뒤로하고
도착한 펜션은 적막했다

계곡의 작은 정자에 둘러앉은
우리는 아무 말도 하지 않았다

누군가 시작한 노래가
돌림노래로 이어졌다
긴 밤 지새우리
긴 밤 지새우고

마룻바닥에는 빈 술병과 술잔
끝날 줄 모르는
이야기들이 밤새 뒹굴었다

우리의 속살이 모두 드러난 정자
미명 사이로 비밀을 알고 있다는 듯
새들이 재잘대고 있다

죽도

긴 계단 죽도록 올라가서 죽도일까, 대나무가 많아 죽도일까, 나선형 긴 달팽이 계단을 오르는 사이 나를 부렸던 배는 도동항으로 되돌아간다

대나무 숲 긴 터널을 지나 빨려들 듯 햇살 속으로 들어서면 더덕 주스를 갈아 주는 부부가 있다 더덕 주스는 섬과 가족의 내력이 녹아 짙은 향을 담고 있다

밭을 일구는 늙은 농부, 까마득한 절벽 아래 온통 제 속을 내보이는 바다, 안개에 몸을 감싼 관음도는 숨바꼭질하듯 속을 태우며 깍새 울음을 품에서 풀어놓는다

돌아오는 길, 던져 주는 옥수수 알을 낚아채는 붉은 눈의 괭이갈매기, 떨어진 옥수수 알을 찾아 자맥질하는 또 다른 괭이갈매기, 그곳은 가슴 깊이 숨겨 두었던 울음을 꺼내는 작은 섬

낙엽을 태우다

한낮 뜨거웠던 복사열
언제 그랬냐는 듯
쌀쌀한 바람이 창틈으로
스멀스멀 밀려 들어온다

가파른 언덕을 휘청휘청 넘어오는 가을
어머니의 아픈 무릎 위에 눕는다

톱니바퀴에 물고 물리며 돌아가는 순환의 고리……

혼자 뒹굴고 있는 찢어진 이파리 하나
또 다른 이별을 준비한다

빙 둘러앉은 자식들에게 고마워하던 아버지
먹먹한 가을이 낙엽에 불씨를 지핀다

묵은 낙엽을 태운다

통점

　남해 보리암 해수관음을 뒤로하고 미조항 어느 횟집
에 들어섰다 남해를 누볐을 돔과 광어 두 마리가 접시에
담겨 왔다

　검은 눈 아래의 심장이 팔딱인다 반 평도 안 되는 방
석 위에서 이분화된 감정의 젓가락질은 계속되었다

　조각난 제 몸을 다 비우도록 팔딱거리는 심장, 먹는 눈
과 먹히는 눈이 마주쳤지만 외면했다

　매운탕에 밥 한 그릇 다 비운 후에야 온몸으로 보시한
물고기의 가시들이 콕콕 찔러 온다

맨드라미꽃

주근깨 가득한 붉은 맨드라미
다섯 손가락 펼치며 활짝 피어날까
모처럼 찾은 도서관
마지막 남은 빈자리에 앉았다
날씨도 엉망인데 칸막이를 타고
넘어오는 싸구려 담배 냄새
뜨거운 계절 아니면 영영 피지 못하나
책상 너머 9급 공무원 책 사이로 보이는
표정 없는 얼굴, 속으로 깊게 파인 주름
방금 담배를 피고 들어온
손목 위에 맨드라미꽃이 피어 있다

나인 것처럼, 아닌 것처럼

허공 가득 펼쳐진 가지 사이
쏟아져 내리는 햇살들 그 아래
주름 가득한 비자나무
천 년 세월을 품고 있다

꿈속에 보이는 사람은 언제나
나인 듯 아닌 듯 지나간다

엉클어진 가지 끝을 따라
먼 기억 속으로 걸어간다

나이테 속 어디선가
행성의 주소가 바뀔 때마다
헤매었을 또 다른 나의 삶들
출렁이며 손짓하는 무수한 이름들

한 번 지나간 바람은 되짚어 오지 않는다

강물처럼 흐르는 바람의 핏줄들
팔백 살 비자나무가 등을 떠민다

거문등대 가는 길

동백나무 숲
뜨겁게 내리붓던 햇살
잠시 쉬어 가는 길

붉은 유도화가 유혹하는 길 따라
동백 열매들 도란도란
토닥이는 소리 달라붙는다

미친 듯 절벽을 두드리는
파도 소리가
너의 울음인 줄 알았다

푸른 바다 위 부서져 내리는
하얀 물거품이
너의 눈물인 줄 알았다

동백나무 숲길 맨 끝자락 홀로 선
거문등대

너를 향해 달려가는 간절한 몸짓이었다

아리아드네의 실

얼음꽃 위로 햇살 피어나던 날, 햇살들 엮어 오색 실타래 만들어 네게 주었지

실타래 놓치지 않도록 한쪽 끝 묶어 몰래 내 손가락에 걸었지

방구석에 웅크리고 앉아 내 두 다리 사이로 한없이 기어들어 갔지

구부린 손가락이 펴진 줄도 모르고

실 끝 놓쳐 버린 날, 검은 유리알 촘촘히 박힌 하늘이 내 눈 속으로 들어왔지, 그것은 흔들린 눈동자가 만들어낸 거울

어떡하나, 내 안에 쌓아 올린 너의 성城마저 무너져 버리면

제자리걸음

들리지 않을 만큼
셀 수 없을 만큼
당신의 이름을 부른다

언제나 당신에게 닿지 못한다

같은 도수의 알코올
선반에는 술병들이 익어 간다

부족하지 않을
병의 개수에 안도한다

서로를 느끼지 못할 만큼
달려오고 달려가고

우리는 제자리걸음 중이다

서쪽 창

내 방의 창은 서쪽이다

십 년이 지나고서야 알게 된
서쪽 창의 낭만

해 질 녘 밖을 내다본다

먼 빌딩 숲 뒤로 새의 날개처럼
하늘 가득 펼치고 있는 저녁노을

내가 아는 언어로는 표현할 수 없는
검은붉은주홍회색빛 또 뭐랄까

터져 버린 심장이 부르는 랩소디
금방이라도 날아가 버릴 것 같다

점점 검어지는 도시의 실루엣
뒤로 혼신을 다해 퍼덕이는

그래서 더 황홀한

날갯짓 소리에 쏟아진 잠

노을이 지는 하늘을
붉은 날개의 새가 되어 날았다

푸른 눈
―코로나 블루

어둠에 익숙해진 눈은 이내 감긴다

아늑함이 사라진 콘크리트 상자 속, 신경이 곤두설 때마다 상자의 모서리는 날카로워진다

외발로 걷는 초침 없는 시계, 더딘 시간만큼 상자는 점점 커지고 붉은곰팡이는 어디에서나 피어난다

당연한 일들이 낯설게 밀려온다 서로 보이지 않는 거리에 세워진 담벼락엔 무심한 날들의 낙서가 늘어 가고 저 문밖은 내가 살던 세상이 아닌 듯 흘러간다

말들이 사라진 퇴색된 달력, 푸른 눈이 현관문처럼 커진다

Cheers!

노을은 깜찍한 화장술
점점 붉어지는 그녀의 얼굴

자작나무 노을 파도 소리는 그녀가 좋아하는 것들

하늘을 향해 달리는 긴 다리의 자작나무를 닮고 싶다
는 그녀는 지구를 세 바퀴 돌았다며 잔을 들어 올린다

아직도 갈 곳이 많아
여행하듯
세상을 떠나고 싶다는 그녀

쉿! 다음 목적지는 비밀
우리의 남은 여행을 위하여

Cheers!

모노드라마

이파리들의 날갯짓이 서럽다

바람이 분다

붉은 옷을 입은 나비들
빈 들판 위에 쓰이는 가난한 이름들
숨 가쁜 나날들
그렇게 잊힌 것들

눈이 내린다

눈밭 속 어디선가
봄을 키우고 있을 이름들
불러 본다 가만히

말과 세계의 간극 드러내기

신덕룡(문학평론가)

1

있는 그대로 말을 하기 위해서는 용기가 필요하다. 자신에게 솔직해야 한다. 문제는 내가 하는 말이 모두 진실에 가깝냐는 것이다. 반드시 그렇지는 않은 것 같다. 제대로 보고, 제대로 이야기하고 있느냐는 자기 점검은 물론이고 말을 듣는 이의 입장 또한 뒤섞여 있기 때문이다. 우선, 눈앞에 있는 것 자체가 하나의 벽일 경우가 있다. 그것이 이미 많은 이들에 의해 규정되었거나 당연한 것으로 여겨질 때 더욱 그렇다. 모두가 알고 있는 것을 그대로 말한다면 무슨 의미가 있을 것인가. 나의 눈과 생각과 판단에 따라 나오는 말이어야 한다. 이를 위해서는 나름의 의지와 열정이 필요하다. 남이 보거나 듣지 못했던 말, 가장 적절하게 그것의 본질을 드러내는 말을 찾아야 한다는 의미에서다. 또 하나는 나의 말이 제대로 전달될 수 있느냐는, 이를테면 말을 하기 위한 조건이다. 말하기는 늘 상대를 전제로 한다. 평등한 위치에서 서로의 말을 주고받을 수 있어야 한다. 나의 말을 상대방이 들어 주고 나 또한 상대방의 말을 받아들일 수 있을 때 소통이 가능하다. 그러나 나의 말을 상대방이 수용하지 않을 때 난관에 봉착한다. 나의 말을 제대로 들어 주지 않는다면, 혹시라도 내가 하는 말이 내게 화를 끼칠 수 있다고 생각되면 입을 다물 수밖에 없다.

오선덕의 첫 시집,『만약에라는 말』은 이런 '말'과 '말하기' 사이의 간극을 파고들면서 우리에게 삶의 진실을 말해 주고 있다. 익숙해진 삶을 새롭게 드러내고, 한편으로는 이러한 말하기가 제대로 작동할 수 있느냐는 물음을 반복해서 제기한다. 그렇다고 해서 오선덕의 시가 일방적으로 자기 생각을 내보이는 것은 아니다. 오히려 당연하게 여겼던 것들을 살짝 비틀어 보임으로써 자동화된 사고에 균열을 내고 그 틈으로 삶을 엿보게 한다. 잠깐 벌어진 틈을 통해 익숙해진 삶에 질문을 가하는 것이다.

2

머릿속을 맴돌던 말과 입 밖으로 나온 말이 다를 때 있다. 무심코 툭 튀어나온 말 때문에 낭패를 보는 순간이다. 이때의 말은 '나'의 생각과 다른 말이거나 무언의 압력에 의해 굴복당한 말이다. 따라서 진실과 멀어져 있다. 진실과 멀어져 있다는 것은 상대방이 원하는 말을 한다는 의미에 가깝다. 우리는 '머릿속'의 말을 자연스럽게 주고받으며 살고 있는가?

스펀지처럼 거짓을 빨아들인다
꼬리를 물고 이어지는 말들의 말

어디가 시작인 줄도
어디가 끝인 줄도 모르고

무뎌진 손가락은 언제나
같은 높이로 키보드를 두드린다

뜻 모를 말들로 가득 찬 화면
다시 쓰이는 희미한 기억들

달력에는 끝내
기억해내지 못하는 것이 있다

노크도 없이 불쑥 들어오는 그림자

포맷을 경고했지만 모래시계처럼

그 자리에서 맴돌기만 한다

쏟아져 흘러내리던 말들이 모두 사라졌다
—「리셋」 전문

이 시는 글쓰기의 어려움을 드러낸다. 시인은 컴퓨
터 앞에 앉아 글을 쓰고 있다. 머릿속에 떠오르는 대
로 자판을 두드린다. 특별한 주제나 맥락도 없다. 글쓰
기가 하나의 일인 듯 습관적으로 글을 써 나가는 것이
다. "무뎌진 손가락은 언제나/같은 높이로 키보드를
두드린다"고 하듯, 여기엔 어떤 고민의 흔적도 없다. 익
숙한 말을 익숙한 형태로 쓰고 있기에 자신의 말이 아
니다. 고민의 흔적이 없는 말이기에 구심력도 없다. 소
문처럼 가볍게 "꼬리를 물고 이어지는 말"에 불과하다.
  이런 말들이 의미 없음은 당연하다. 시인은 이미 말
이 "스펀지처럼 거짓을 빨아들인다"라고 하지 않았는
가. 이런 전언은 두 가지 질문을 내포하고 있다. 우선,
앞서 언급했듯 습관적으로 쓰는 말이 지닌 경박성이
다. 이 말은 습관적이고 의례적인 말이기에 내면의 진
실을 담지 않는다. 그저 남의 생각에 덧붙여 자신의
말을 보탤 뿐이다. 이런 말들은 시작도 끝도 없이 흘러
다니며 무수한 소문과 오해를 낳을 뿐이다. 또 하나

는 의미 없는 말들이 "뜻 모를 말들로 가득 찬 화면"
처럼 우리 삶을 지배하고 있지 않느냐는 것이다. 말(언
어)은 의사소통의 수단이지만, 그 목적은 교감에 있
다. 교감이란 생각이나 감정을 함께 나누어 갖는 일이
다. 함께 나누어 갖기 위해서는 솔직한 자기표현이 전
제가 된다. 이 시에서 보듯 시인은 그렇지 않다고 말
한다. "쏟아져 흘러내리던 말들이 모두 사라졌"고, 빈
자리는 "다시 쓰이는 희미한 기억들"로 채워질 것이기
때문이다.

와인처럼 번져 가는 브레이크 등, 어둠을 지우듯 간
헐적으로 흘러나오던 내비게이션 더는 말이 없다

긴 터널 줄지어 선 자동차들, 꾹 밟고 있는 서로 다른
모양의 브레이크 등

금방이라도 떠날 것 같은 엔진 소리와 적막의 무게가
저울질하듯 침묵의 두께를 재고 있다

번갈아 밟는 액셀과 브레이크, 인연도 마찬가지여서
선택의 순간을 벗어날 수 없다

한때 와인처럼 스며든 당신은 보랏빛 서정으로 데려
가듯 나의 안부를 묻곤 했다

　　쌓여 늘어만 가는 안부, 서로가 가는 곳을 몰라서 그
행방이 궁금해질 때쯤이면 얼굴은 허공을 닮아 갔다

　　언제나 먼저 다가와 묻는 물음 속으로 들어가지 못
했다

—「와인」 전문

　　터널 속에서 길이 막혔다. "액셀과 브레이크"를 번
갈아 밟아야 하듯 여기서 벗어나기는 쉽지 않다. 차가
움직이고 설 때마다 반복해서 켜지는 브레이크 등의
불빛이 '당신'과 '나' 사이의 관계를 환기시킨다. 그 관
계의 시작을 "인연"이라고 말하고 있다. 인연이란 어떤
결과를 만들어내는 직접적인 원인이다. 사실, 우리 삶
에 있어 인연이 아닌 것은 없다. 특히 사람과 사람 사
이에는 무수한 만남과 헤어짐이 반복된다. 중요한 것
은 무수하게 밀려오는 만남과 밀려가는 헤어짐 자체
가 인연일 수 없다는 것이다. 이들 중 어느 것이 "선택
의 순간"에 나의 것이 될 때, 인연이 시작되는 것이다.
사랑의 감정과 엮일 때는 더욱 그렇다. 서로가 서로를
선택하는 순간, 감정의 교류가 일어나며 서로를 받아

들이게 된다. 그러나 이 시에서 이런 일은 일어나지 않는다. "한때 와인처럼 스며든 당신은 보랏빛"이었지만 지금은 아니다. 잠깐의 스침을 서로 귀하게 받아들이고 정성껏 가꾸지 않았기 때문이다. "서로가 가는 곳을 몰라서"라고 하듯, 당신의 마음은 나의 마음과 어긋나고 있던 것이다.

사랑한다는 것은 많이 생각한다는 것이다. 그래서 사랑의 크기와 생각의 크기는 비례한다. 사랑이 깊을수록 상대방에 대한 생각이 많아지는 법이다. 여기엔 조건이 있다. 사랑이 이루어지기 위해서는 상대방을 받아들일 마음의 공간을 마련해야 한다. 이 시에서 '나'는 그렇게 하지 못했던 듯싶다. "금방이라도 떠날 것 같은 엔진 소리"처럼 불안했고, 당신이 묻는 "나의 안부"는 늘 일방적이었다. 나를 "보랏빛 서정으로 데려가듯" 했던 한때는 바람처럼 스쳐 가는 한순간에 불과했다. 내가 선택한 길이 아니었던 것이다. 그래서 교감이 없는 마음은 늘 겉돌 수밖에 없다. 시인이 "언제나 먼저 다가와 묻는 물음 속으로 들어가지" 못했던 이유이기도 하다.

3

의미 없는 말은 진실성이 결여된 말이다. 주지하다시피, 우리가 말하는 진정성의 결여는 사물에 이름을 붙이는 순간 시작된 것이다. 사물에 이름을 붙이고 이를 통해 사유하고, 생각을 나누면서 진실에서 점점 멀어지게 되는 것이 말(언어)의 운명이다. 우리는 말이 가장 효율적인 의사소통과 표현 수단이라 생각하지만 그렇지 않다는 것 또한 잘 알고 있다. 우리 눈앞에 펼쳐진 아름다운 풍광이나, 마음속에 뒤섞인 다양한 감정들, 나와 타인 사이의 미묘한 갈등이나 정서적 교감 등… 이를 정확하고 완벽하게 표현한다는 것은 불가능하다. 이와 반대로 말없이 서로의 생각을 공유하거나 교감하는 일도 허다하다.

이런 말의 불완전성은 일상적인 대화에서도 잘 나타난다. 대화란 서로가 평등한 위치에서의 나눔이다. 나눔의 형식은 말하기와 듣기이다. 편안한 상태에서 상대에게 말을 하고 또 귀담아들으며 가까이 다가가는 일이다. 그러나 말하기가 불편하고 또 불평등한 관계에서의 대화라면 이야기가 달라진다. 즉 말이란 삶의 질서 속에 편입되어 움직일 때 불완전성이 심화된다. 대화의 상대에 따라 다른 표정을 짓기 때문이다. 특히 권력관계에 따라 성격을 달리할 때, 폭력성까지 띠게 마련이다. 말이 소외와 단절의 양상을 적나라하게 드러내는 표징이게 되는 것이다. 시가 삶의 진실을 추구하는 양식이라면, 시인은 이런 불완전한 말을 가지고 어떻게 진실에 다가갈 수 있을까?

의미 없는 말들로 가득 찬 세계라는 비관적 인식은 시인으로 하여금 세계의 실상을 드러내는 일에 집중하게 한다. "무심코 뱉는 말들"(「어린 별」) 대신, 가장 익숙한 상황을 독자 앞에 제시한다. 익숙한 상황을 극적으로 제시하는 것인데, 이를 통해 우리네 삶의 진실에 다가가고자 한다.

가슴이 알고 있는 길 쭉 따라가면 끝자락에 서 있는 너, 바라보는 마음 한쪽 뾰족해진다

말하지 못하는 귀와 듣지 못하는 입, 우리는 익숙한 물음과 대답을 꿈꾸지만 너무 먼 마천루 위에 세워진 입과 귀의 가설들

어둠이 제 키만큼 그림자를 뿌리며 달려온다 돌아가야 할 거리가 점점 멀어지는 길
—「내비게이션」 전문

내비게이션은 그야말로 목적지까지 길을 안내해

주는 시스템이다. 이 장치 덕분에 가 보지 않은 길이라도 목적지까지 편하게 갈 수 있다. 예전처럼 길가에 차를 세우고 지나가는 사람에게 길을 묻던 일은 까마득한 기억이 되었다. 얼마 후에 좌회전을 하라거나, 몇 킬로미터 앞에 휴게소가 있다거나 모든 궁금증을 다 해소해 준다. 가만히 앉아 내비게이션이 말하는 대로 하면 된다. 그렇다. 어느 때부터, 운전자인 나는 남이 시키는 대로 하는 수동적인 존재가 되었다.

사람에게 다가가는 길은 다르다. "쭉 따라가면 끝자락에 서 있는 너"를 볼 수 있다는 것을 알지만 쉽게 다가가지 못한다. 너와 나는 "말하지 못하는 귀와 듣지 못하는 입"을 가졌기 때문이다. 말하지 못하는 귀와 듣지 못하는 입이라니? 시인의 사랑의 본질에 대한 사유가 날카롭게 드러나는 부분이다. 사랑은 보이지 않는 관계다. 사랑에 빠지면, 상대방이 말하지 않아도 그 마음을 들을 수 있고, 듣지 않았어도 내 마음을 표현할 수 있다. 몸과 마음이 완벽하게 맞물려 있는 유기적인 전체로 작동하는 것이다. 그러나 들어도 알 수 없고 말해도 들을 수 없다면 사랑이 아니다. 너와 나 사이의 떼려야 뗄 수 없는 관계가 깨졌기 때문이다. 이럴 때, 입과 귀가 무슨 역할을 할 것이며 또 무슨 소용이 있겠는가. 말할 수도 들을 수도 없는 상태가 되었다는 것인데, 그 이유는 명백하다. 내비게이션이 지시와 순응을 요구하듯 우리네 삶도 교류가 아닌, 지시와 복종에 익숙해져 있다는 것이다. 일방적으로 들어야 하는 귀와 말하고 싶어도 말할 수 없는 입을 가진 존재가 되었기 때문이다. 이런 존재로서의 삶은 더 이상 "익숙한 물음과 대답을" 꿈꿀 수 없게 만든다.

서로가 소통하고 교감하는 삶은 "마천루 위에 세워진" 가설이 되었을 뿐이다. 따라서 우리네 삶은 점점 더 "돌아가야 할 거리가 점점 멀어지는 길" 위를 달릴 수밖에 없다는 것이다.

호수 주변을 재개발하여 고급 아파트가 들어선다는 소문이 돌았다 호수 주변의 장미꽃들은 꽃봉오리를 키우며 서로를 시샘했다 언제부터인지 주변 산자락 무덤엔 팻말이 세워졌다 형체를 알 수 없는 낮은 봉분, 화려한 비석과 대리석으로 둘러싸인 무덤들 빈부 격차는 사자死者에게도 있었다 재개발은 산 자들이 매겨 놓은 품격 앞에 번호가 매겨진 똑같은 팻말을 세워 놓았다 사자는 이사 공고 표지판에 죽어서도 집 걱정이었다 여름이 익숙해질 즈음 시들어 가는 장미꽃 뒤로 흰 개망초가 피어났다

할 말 많은 참새는 이 집 저 집 분주히 풍문 물어 나

르고 홀쩍 커 버린 개망초 사이 이사 공고 표지판과 갈
곳 없는 무덤이 숨죽이며 엎드려 있다
　　　　　　　　　　—「이사 공고 표지판」 전문

　이 시는 황폐해진 세계의 일면을 극명하게 보여 준
다. 간단하게 내용을 요약해 보자. 이 시의 배경인 호
수 주변은 재개발하여 고급 아파트가 들어설 공간이
다. 사람들의 기대나 걱정과 달리 "호수 주변의 장미
꽃들은 꽃봉오리를 키우며 서로를 시샘"하고 있다. 그
리고 먼저 자리했던, 이장을 해야 할 무덤들 앞에는
푯말이 세워졌다. 푯말에는 이름 대신 "번호"가 쓰여
있다.

　이름을 붙인다는 것은 하나의 대상과 다른 대상을
구별하는 일이다. 사람의 경우, 그의 고유성과 정체성
을 부여하는 일이다. 그런데 이런 이름 대신 '번호'가
매겨져 있는 것이다. 번호로 쓰여진 숫자가 내포하고
있는 바는 무엇인가? 살아 있는 인간의 욕망이다. 죽
은 자의 이름이나 특성 즉 고유성이 사라진, 하루빨
리 처리해야 할 대상이 되었음을 의미한다. 여기엔 어
떤 감정도 개입할 틈이 없다. 죽음이나 주검은 단지 차
별화하고 회피하고 제거되어야 할 대상이 된 것이다.

　근대 이전의 시선으로 볼 때 낯선 광경이 틀림없다.

불과 반세기 전만 해도 삶과 죽음은 공존 관계에 있었다. 죽음은 삶의 끝이 아니라 또 다른 세계로 이어지는 것이기에 삶에 일정한 영향력을 끼치고 있었다. 삶 또한 죽음을 하나의 과정으로 받아들이기에 죽음의 세계와 교류할 수 있었다. 따라서 어느 순수한 시공에서 삶과 죽음이 공존할 수 있기도 했다. 오늘날 우리의 삶 속에 이런 사유는 지워져 있다. 오로지 살아 있는 자들의 세계만이 중요하기 때문이다. 따라서 죽음은 삶의 실패이자 기피해야 할 대상이 되었다. 더욱이 살아 있는 사람조차 사물화하는 삶 속에서 죽은 자가 예외일 수 없다. 살아 있을 때의 인간이 지녔을 정체성과 특성이 배제되는 것은 자연스러운 일이다. 무덤의 주인들은 재개발을 보다 편리하게 하기 위한 처분의 대상에 불과하다. 숫자로 표기된 무표정, 여기에 어떤 윤리적 감각도 끼어들 여지가 없다. 슬픔이나 애도의 대상이 아니다. 다만, 순서대로 곧 치워야 할 방해물에 지나지 않는다. 이름을 대신한 숫자가 주는 비정함이다.

4

인간과 인간 사이의 관계가 단절되고, 한 개인의 특성이 무시되고, 인간을 거대한 틀 속에 가두고 있는 오늘날의 삶에 대해 맞서려는 시도는 무모하다. 시의 영역도 아니다. 시가 할 수 있는 일이란 거대한 틀과 벽으로 둘러싼 세계의 빈틈을 발견하는 일이다. 빈틈으로 지금 이전의 세계를 찾는 일이다. 이는 말이 지닌 본래의 특성을 찾는 일이기도 하고, 사람과 사람 그리고 사람과 사물 사이의 격의 없는 관계를 맺는 일이다. 지배와 억압이 일반화된 세계, 삶과 죽음이 분리된 세계, 존재의 고유성이 말살된 세계에서 삶의 의미를 찾기 위해서다. 한마디로 존재와 존재 사이의 균열이 생기기 이전의 세계, 나와 세계가 분리되기 이전의 세계를 꿈꾸는 것이다.

다음의 시는 시인이 그리는, 말과 사물과 인간이 의미 있는 관계를 이루던 세계를 보여 준다. 우리 삶의 본래의 특성을 회복하려는 움직임의 하나다.

기차는 끝을 알 수 없는 검붉은 선로 위를 달린다

기차는 8시에 떠나네. 재생되지 않는 기억처럼 흔들리는 가수의 목소리 깊은 터널 속으로 밀어 넣는다

가로등 불빛이 기차를 따라 떠나간 곳, 어릴 적 가지고 놀던 작은 성냥갑의 따스한 온기, 깊은 잠 속으로 끝

없이 빠져들던 무릎 위의 자장가, 일렁이는 모닥불 사이
로 삼킬 듯 밀려오던 파도 소리

어떤 소리도 잠재울 것 같던 기적 소리가 스쳐 간다

말속에 숨은 활자들이 책들로 엮어져 간다 기약 없
는 페이지를 넘기며 맨 뒤에 그냥 끝이라고 쓴다
　　　　　　　　　　　　　—「카테리니행 기차」 전문

이 시는 제목에서 테오도라키스의 〈기차는 8시에
떠나네〉란 노래를 배경으로 하고 있음을 명시하고 있
다. 이 노래는 2차대전 이후 그리스 민중의 마음을 울
렸다고 한다. 전쟁이 끝났지만 돌아오지 않는 연인을
기다리는, 부주키의 선율을 따라 일렁이는 애끓는 마
음과 서글픈 멜로디가 잠시 우리를 멈춰 세운다. 오지
않는 사람, 잃어버린 것에 대한 안타까움이 절절히 묻
어 나오기 때문이다. 시인은 어째서 이 노래를 시의 배
경음으로 깔고 있는 것일까? 지금은 없는 것, 가장 소
중했던 것, 너와 내가 함께했던 것에 대한 그리움을
효과적으로 드러내기 위해서다. 이를 위해 시인은 "재
생되지 않는 기억처럼 흔들리는 가수의 목소리"를 따
라간다. 따라간 곳에서 "어릴 적 가지고 놀던 작은 성

냥갑의 따스한 온기, 깊은 잠 속으로 끝없이 빠져들던 무릎 위의 자장가, 일렁이는 모닥불 사이로 삼킬 듯 밀려오던 파도 소리"를 발견하고 듣는다. 행복했던 유년의 기억들이다.

"따스한 온기"와 "자장가", "모닥불"과 "파도 소리"는 지금은 없는 것들이다. 그렇기에 소중한 것들이며, 세계와 내가 분리되지 않았던 시기의 구성물들이다. 이것들에 휩싸이는 순간, 오늘의 나를 이루고 있거나 둘러싼 것들은 사라진다. 사물과 소리와 '나'라는 존재가 하나의 우주 속에 참여하고, 이런 참여를 통해 의미 있는 삶을 살 수 있었다. 여기에 나와 사물과 세계의 분리란 있을 수 없다. 따라서 이런 사물들은 공감과 교감으로 충만했던 세계의 상징으로 작용한다. 그렇다면 이런 세계는 현실에서 영원히 불가능한 것인가? 시인은 "맨 뒤에 그냥 끝이라고 쓴다"고 하듯, 그렇지 않다고 한다. 끝이 새로운 시작을 의미하듯, 현실로 되돌아온다. 현실 속에서 새로운 가능성을 탐색해야 한다는 것이다.

①

바람 속 빗방울로 날아온 그녀, 싱그러운 얼굴이 후두둑 내 얼굴 위로 떨어졌다

늦은 밤 받은 문자 한 통에 꼬박 밤을 지새웠다

—「마지막 식사」 6연

②

음식 한 접시를 길냥이 다니는 길목에 갖다 놓았다
술김에 훔친 라면 한 봉지가 벌금 십만 원으로 돌아왔
다는 일용직 노동자의 진술이 길고양이 눈빛 같았다

—「즉결심판」 4연

①은 밤늦게 받은 문자 한 통으로 인해 밤을 지새
웠다는 내용이다. 이 시의 정황으로 보아 쓸쓸한 내용
이라 짐작된다. 창밖의 빗소리를 들으며 시인은 문자
를 보낸 이의 쓸쓸함 속에 동참한다. 같은 감정을 공
유하며 추억에 젖는다.

②는 창밖에서 "비닐봉지 핥는" 배고픈 고양이와
가난한 일용직 노동자를 오버랩하여 제시하고 있다.
앞에서 "쓰러지지 않을 견고한 담"을 쌓고 있었다는
것으로 보아 두 존재는 나의 삶과 무관하거나 적대적
인 관계였다. 그러나 '나' 자신이 억울한 일을 당하고
나서야 길냥이를 위해 "음식 한 접시"를 내다 놓았다
고 하듯, 두 존재를 나의 삶 속으로 끌어들인다.

위의 시편들에 나타난 공통점은 나의 확장이다. 분

리된 존재로서의 삶에서 시선을 타자에게로 돌렸다. 타자의 처지를 생각하고, 타자를 나와 동등하다고 인정하고 내 삶 속으로 끌어들이고 있다. 쉬운 일은 아니다. 쉬운 일은 아니지만 누군가는 해야 할 일이고, 이런 일을 통해 새로운 희망이 싹트지 않겠느냐는 것이다. 이를 바탕으로 분리되고 차별화된 삶에 조그마한 균열을 내고, 실상을 보고, 새로운 삶을 꿈꿀 수 있다고 믿기 때문이다. 시인은 비록 불완전한 말이지만, 이 말을 가지고 잃어버린 세계를 재현하고 또 그런 세계를 회복해야 하지 않겠냐고 질문하는 것이다.

질문은 대답을 원한다. 대답이 없는 질문은 혼잣말에 가깝다. 언제 혼자 묻고 답하는가? 내가 하는 말을 들을 상대도 없고, 듣고도 듣지 않은 척 무시당할 때이다. 이런 삶에 익숙해지면 굳이 혼잣말을 할 필요도 없다. 남의 말에 순응하며 살면 된다. 그러나 어느 날 문득, 나의 생각과 말과 행동이 내 것이 아님을 알아차릴 때 '나는 누구인가?'라는 혼잣말이 흘러나온다. 이때의 혼잣말은 자아의 각성과 함께 하지만 대부분의 경우, 체념이나 절망의 표현에 가깝다. 인간과 인간 사이의 단절된 관계는 이미 회복 불가능의 상태에 있기 때문이다. 그러나 시는 늘 질문을 해야 하고, 또 질문을 통해 자기증명을 하고 있다는 사실을 상기할 필요가 있다. 이때의 질문이란 당연하게 생각되는 것에 대한 의심이다. 의심이 깊어질수록 시의 영역이 확보되고 깊이 또한 보장될 것이리라. 이런 점에서 오선덕의 첫 시집은 자기 자신과 삶에 던지는 의미심장한 물음이다. 본질에서 시작하고 있다는 점에서 앞으로의 행보를 더욱 기대하는 것이다.

만약에라는 말

2021년 12월 13일 1판 1쇄 펴냄

지은이	오선덕
펴낸이	김성규
편집	김은경 김도현
디자인	김동선
펴낸곳	걷는사람
주소	서울 마포구 월드컵로16길 51 서교자이빌 304호
전화	02 323 2602
팩스	02 323 2603
등록	2016년 11월 18일 제25100-2016-000083호

ISBN 979-11-91262-80-3 04810

ISBN 979-11-89128-01-2 (세트)

* 이 책은 광주광역시 광주문화재단 2021년도 지역문화예술 육성지원사업으로
  지원받아 발간되었습니다.
* 이 책 내용의 전부 또는 일부를 재사용하려면 반드시 지은이와 출판사의 동의를
  얻어야 합니다.
* 잘못된 책은 교환해 드립니다.